AF330892

LA DESTRUCTION DES VAISSEAUX DE FERNAND CORTÉS,

POEME LYRIQUE,

QUI A REMPORTÉ LE PRIX de l'Académie Espagnole, le 13 Août 1778;

Par D. JOSEPH-MARIA VACA DE GUZMAN, Docteur en Droit, Membre de Gremio de l'Université d'Alcala, & Recteur actuel & perpétuel du Collége de S. Jacques des Chevaliers Manriques de la même Ville.

Traduit de l'Espagnol sur l'Édition de Madrid.

Frangere nec tali puppim statione recuso,
Arreptâ tellure semel.

VIRGIL. Æneid, lib. X.

A PARIS,

CHEZ LES MARCHANDS DE NOUVEAUTÉS.

M. DCC. LXXIX.

AVERTISSEMENT.

Voici la traduction des premiers vers que l'Académie Espagnole, cadette de l'Académie Française, a publiquement couronés depuis son institution. Cette circonstance, & le desir de conaître les progrès actuels des Belles-Lettres dans un Pays, où un Bourbon les a ressuscitées, m'ont déterminé à faire venir l'Ouvrage, & à en faire part au Public. Je n'aprécierai point l'homage que je lui présente : si j'entamais le panégy-

A 2

rique du *Senor D. Vaca de Guzman*, on ne tarderait pas à m'assimiler à ces laborieux Interprêtes, qui ne s'indemnifent de leurs fueurs, qu'en exaltant leur original; au cas contraire, on dirait que je veux m'élever fur les ruines de mon Auteur: je ferai donc muet pour être impartial.

La confcience m'oblige néanmoins à un petit avertiffement. Ma verfion n'eft point rigoureufement littéralé : des foixante octaves dont le Poëme eft compofé, j'en ai fuprimé cinq ou fix; & dans le furplus, je me fuis permis, deux ou trois fois, d'élaguer certaines penſées, bonnes ſans doute, mais intraduiſibles dans notre langue. Les Perſans, dit Chardin, n'ont point de ſynonime du verbe *ſe pro-mener ;* parce que, ſous un climat où le repos eſt une jouiſſance, on ne conçoit pas qu'on puiſſe aimer à ſe fatiguer pour le plaiſir de la choſe. Il en eſt à peu près de même des Eſpagnols, chez leſquels nombre de métaphores & d'images, familières en France, n'ont point d'équivalent, *& vice verſâ.* Il ſerait facile d'en multiplier les exemples & les raiſons : mais les uns n'aprendraient rien à ceux qui ſavent l'Eſpagnol, & perſonne n'a beſoin des autres.

A 3

Derniere obſervation. J'ai pris la liberté d'eſquiver les noms de diférentes Villes & Divinités du Méxique. Quoique les Caſtillans en enrichiſſent ſans difficulté leur plus haute poëſie, j'ai douté qu'ils produiſiſſent un bon effet ſur des oreilles Françaiſes: au reſte on en jugera par les échantillons que j'ai laiſſés.

LA DESTRUCTION
DES VAISSEAUX
DE FERNAND CORTÈS,
POEME LYRIQUE.

Suspendez vos querelles, Enfans de Mars, & que les Nations aprennent par quels moyens le Héros, qui sût enchaîner à l'Espagne l'opulent Empire du Méxique, détermina ses braves compagnons au plus noble effort de la hardiesse humaine.

Descends, & sois favorable à mes chants, ô Clio : donne à mes expressions l'éclat d'un beau jour. Introduis dans ma veine une divine fureur : par-

tout j'en fuivrai les brûlantes étincèles ;
& celui que je vais célébrer, triom-
phera de la mort & de l'oubli.

Je foûlois un foir les bords fleuris
du Mançanarès, (1) de ce fleuve qui
fait l'envie des mers orgueilleufes, alors
que, careffant de fa molle arène le pied
du Manoir Royal, il offre fes nœuds
de criftal à l'augufte Souverain des deux
Mondes. Pendant que ma vue diftraite
s'égarait fur fon cours riant & paifible,
mon efprit fe portait à des contempla-
tions fupérieures : » Ondes limpides &
» facrées, me difais-je, c'eft en errant
» fur vos bords, près de votre urne ref-
» pectable, que m'a pénétré la flamme
» rapide du Dieu de Délos...... Heu-
» reufe Patrie, montagnes de Caftille,
» quel autre qu'Apollon lui même ofera
» chanter vos Héros ! Magnanime Pé-
» lage, grand Gonfalve, courageux
» Ponce, & vous, Légions de Guer-

____

(1) Petit Ruiffeau qui paffe à Madrid.

» riers, qui, depuis tant de fiècles, faites
» refpecter à l'Univers étoné la Race des
» Gots; élevée dans le berceau de l'Hef-
» périe; les Mufes feules ont le droit de
» ceindre vos fronts des Lauriers que vos
» mains ont cueillis! «

Tandis qu'abforbé dans ces nobles idées, je retrace à ma mémoire les époques mémorables de l'Efpagne, en arrachant fes faftes illuftres aux injures de l'oubli, une extafe douce & celefte me ravit: un héroïfme fublime paffe de mon ame dans mes difcours. De la voûte facrée s'eft fait entendre une voix impérieufe: l'air en eft rempli; & fa puiffante illufion frape mon oreille attentive: — Jeune homme leve les yeux. — Humilié fous cet augufte décret, j'obéis, & je crois voir une femme, dont les traits bruns, mais réguliers, uniffent les graces à la majefté. Sur fon front, au lieu de Mirthe où de Laurier, flôte un Panache éclatant. Les plus riches perles de l'Occident font étalées fur fon fein.

Un voile de cotton parfemé de pierreries pend derrière fes épaules : la main droite apuyée fur fa joue, elle tire avec la gauche d'un carquois rempli de flêches, celle qu'elle veut ajufter à fon arc. Ses pieds font revêtus d'une chauffure dorée : de l'un elle foule un globe de nuages ; de l'autre elle renverfe en fouriant les deux colones d'Hercule : afin qu'on fache que les flots n'ont pu borner les forces Efpagnoles.

Un groupe de Génies accompagne la Déeffe. Les uns chantent l'étendue de fes vaftes domaines, fes richeffes, & fon pouvoir : d'autres y aplaudiffent au fon belliqueux des trompêtes. Ceux-ci font brûler en fon honeur des gommes odoriférantes ; ceux-là portent fierement devant elle les attributs de la royauté.... Mais bientôt à leurs jeux bruyans a fuccedé le filence le plus profond. Les Pafteurs de Mantoue fufpendent leurs luttes poétiques : le fleuve s'arrête, Zephire n'ofe plus répandre fur les fleurs

fon foufle bienfaifant, & Phébus lui-
même, mollement penché fur fes cour-
fiers qu'il retient, prolonge les limites
du jour.

La Déeffe, ouvrant alors une bouche
de rofe; —, Fortuné mortel, les deftins
, veulent que je fois ton guide, &, qu'au
, nom de l'Efpagne, nous élevions en-
, femble le trophée qu'a mérité le plus
, grand de fes Héros: ce Guerrier eft
, Fernand Cortès, & je fuis l'Améri-
, que.

, Dans ce tableau, que mon audace
, arracha du temple de Mémoire, & que
, les Génies qui m'obéiffent vont dé-
, ployer à tes yeux, (ils le firent à l'inf-
, tant;) eft peint en traits divins tout ce
, que le courage & la fermeté ont jamais
, infpiré de plus fublime.

, Cette plaine liquide, dont la fur-
, face tranquille offre envain aux Efpa-
, gnols un retour affuré vers S. Domin-
, gue ou la mer de Cadix, eft le celebre
, Golfe du Méxique, théatre fanglant,

,, où l'Atlantique aprit à refpecter les
,, triomphes de la Caftille.

,, Cette Cité que l'Océan baigne de
,, fes ondes, & dont les murailles fe font
,, élevées, non pas aux tendres accords
,, de la lyre Thébaine, mais aux fons ter-
,, ribles de la trompête, eft Villa Rica;
,, nobles prémices de l'ardeur martiale
,, qui porta Cortès à fonder dans mes
,, domaines des établiffemens éternels.
,, Vois flôter fur fes tours l'étendart des
,, Chrétiens. Aux ordres pieux du Géné-
,, ral, l'art y plaça le figne du grand
,, Conftantin; & cette image augufte dé-
,, termine à la fois les fortunes de la
,, guerre, & le bras de celui qui la di-
,, rige.

,, Admire ici la troupe réunie des Hé-
,, ros de l'Efpagne : la noble arrogance
,, de leurs yeux eft faifie par le pinceau.
,, Vois à la tête des braves Cantabres,
,, & des fougueux Andalous, les Alvara-
,, dos, les Mexias, les Davilas.... Mais
,, aperçois-tu les Vaiffeaux Efpagnols,

, que l'habile Alaminos a heureusement
, conduits sur des vagues étrangères,
, abatre tout-à-coup leurs riches bande-
, roles? Le Pilote & les Matelots, s'em-
, pressent d'en mettre à l'abri les voiles
, & les cordages. Quelle afreuse tem-
, pête, quel fils d'Eole irrité les mena-
, ce? Où font les Syrtes qu'ils redou-
, tent? L'Amérique a-t-elle ses Cha-
, rybde & ses Scylla? Les gémissements
, des Néréides présagent-ils un fort fu-
, neste aux Nautoniers ; & Neptune en
, colère va-t-il rompre la paix qu'il a
, jurée? Non: ils n'ont rien à craindre
, des fureurs de l'Eurus & de celles de
, Thétis. Ces débris, épars fur la Côte,
, ne font point les tristes restes d'un nau-
, frage: Cortès en inspirant son courage
, à ses troupes, est le seul auteur de
, leur destruction. Ecoute, & tu sauras
, quelles étoient ses paroles. '

    » Illustres Compagnons de mon fort,
» elle est enfin arrivée cette heureuse
» Aurore, qui doit être le témoin de la

» plus belle de vos actions. L'Univers
» n'entend parler qu'en tremblant des mi-
» racles de votre bras redoutable. La
» faim, la fatigue, & la captivité, ne
» fauraient vous arrêter. Vous favez bra-
» ver la mort, cette vie de l'honneur.
» Mourons donc, & renonçons pour ja-
» mais à la Mer; fi, contraire à nos ef-
» pérances, le Deftin nous prépare des
» revers, il n'eft plus pour nous de Vaif-
» feaux. Je vous ferme ainfi le chemin
» de la Patrie. Ce n'eft point vous faire
» injure : je fais bien qu'une lâche ter-
» reur ne vous portera jamais à fuir fur
» la flôte, je ne la détruis que parce
» qu'elle nous eft inutile. Envain vous
» femble-t-il entendre de l'Hemifphère
» opofé les foupirs d'une époufe aima-
» ble, le cri du tendre gage qu'elle preffe
» fur fon fein, & les pleurs d'un pere
» vieux & refpectable : l'honneur aprend
» à réfifter à ces redoutables armes; il
» fait faire tourner au profit de la gloire
» ce que le cri du fang a d'attrait & de

» pouvoir. Qui mieux que nos afcendans
» favent infpirer ces difpofitions hé-
» roïques, qui nous ont portés dans ces
» contrées lointaines ? Lorfqu'en votre
» berceau le fomeil allait fermer vos
» paupières, vos pères, fur des refreins
» diférens, célébraient les Lauriers qui
» couronaient Ferdinand & Ifabelle:

   » Naples, vous difoient-ils, s'humi-
» lie fous leur courage : la mer de Tof-
» cane voit la paix rétablie fur fes flots.
» Les armes d'Arragon & de Caftille
» ont brifé les chaînes de la Navarre ;
» & Boadellin, (2) dérobant aux coups
» de leur glaive enfanglanté le refte de
» fes Agarèniens, (3) a rendu la puif-
» fante Grenade , anéanti par cette fou-
» dre , dont Pélage lança les premiers
» traits.

---

(2) Dernier Roi Maure de Grenade, plus connu, dans
les Annales du tems, fous le nom du *Rey Chico*, fobriquet
que lui valût la petiteffe de fa taille. V. *Hiftoria de las
Guerras civiles de Granada.*

(3) Nom poétique des Maures de Grenade.

» Ainſi que nous, vos Ancêtres com-
» primèrent la ſurface de cette plaine
» de criſtal : comme nous, ils s'arra-
» chèrent à l'Europe, & portèrent en
» Afrique l'Etendart de Caſtille. Oran
» fût par eux emporté : Velez reconut
» leurs loix. Le farouche Algérien en
» frémit ; & l'orgueilleuſe héritière de
» Cartage, (4) ſe rendit tributaire à
» leur menace.

» Vainquons auſſi, nous, qui na-
» quîmes ſemblables à eux. Leur valeur,
» leurs armes ſont les nôtres. Déja nous
» foulons la terre que nous venons con-
» quérir ; périſſe donc un bois impoſ-
» teur : nous ſervirait-il à tranſporter
» des tréſors ; l'invincible Charles les
» mépriſe : il ne fonde ſa grandeur que
» ſur la bravoûre de ſes Guerriers.

» Ces hommes, nuls pour la guerre,
» tandis qu'ils reſtent gardiens d'un foible
» armement, (5) ſont des inſtrumens de

____

(4) Tunis.
(5) Les Matelots de la Flôte de Cortès.

» triomphe

» triomphe perdus pour le Monarque,
» qui rend leur valeur inutile. Soldats
» Novices, la Tactique ne leur a pas
» encore apris ſes mouvemens variés :
» ils n'ont enduré ni la neige, ni les
» ardeurs du ſoleil ; mais ils ont du
» courage, puiſqu'ils ſont Eſpagnols.
» Lorſque l'attrait d'un frivole eſpoir
» n'exiſtera plus, ils renforceront ma
» troupe réduite. Que le dernier d'entre
» eux compte ſur mon affection, ſi la
» bravoûre enflame ſa colère. Que les
» lances ſuccedent aux rames, c'eſt ainſi
» que nous vaincrons deux fois.

　　» Oui, Soldats, le viſage de Bellone
» plaît à l'Heſpérie… La trompête, dont
» le ſon guerrier porte l'épouvante dans
» le cœur des lâches, eſt harmonieuſe
» à ſon oreille. Notre armée n'eſt point
» nombreuſe, mais nous ſommes Eſpa-
» gnols. Combattons, & la terre où
» nous marchons devient notre conquête.

　　» Déja le Ciel qui s'explique en no-
» tre faveur, a jetté ſur la face des pla-

» nètes un voile funèbre & mélanco-
» lique. Des comètes menaçantes enfan-
» glantent l'horifon de leur longue che-
» velure. Le foufle inquiet de l'aquilon
» peuple cet hémifphère de ferpens
» enflamés. La ruine de l'Empire du
» Méxique eft arrivée : notre fureur ac-
» complit les finiftres oracles dont on
» l'a menacé. Elle vient naguerres d'en-
» chaîner les fceptres puiffans que ré-
» giffoient Iftapalapa & Tefcufco. La fu-
» perbe Temixtitlan fe trouble , de voir
» en dépit de fon antique origine le
» trône & la ftatue du fils de Philipe
» (6) placés dans fon Capitole. Le
» Dieu Barbare de Montézuma, ce
» monftre infatiable de fang humain,
» de qui les flêches font aujourd'hui
» fans vigueur , & les ferpens fans ve-
» nin , tombe en poudre, de fon pied
» d'eftal d'azur , fur fon autel fangui-
» naire , tandis que les vils Sacrificateurs

____

(6) Philipe d'Autriche, père de Charles V.

» gémiſſent de l'afront qu'éprouve ſon
» culte immonde. Ainſi le veut le Tout-
» Puiſſant. C'eſt pour la gloire de ſon
» nom, que, ſous un Rhumb incertain,
» au milieu des plus grands dangers,
» nous ſillonons l'onde amère. C'eſt par
» lui, que le féroce Montézuma, ſor-
» tant enfin de ſa funeſte léthargie,
» cédera le ſceptre à un Empereur plus
» juſte, & plus digne de le porter.

» Alors ceſſeront ces prodiges & ces
» obſcures aparitions du ſoleil, tou-
» jours envelopé d'un voile ſanglant.
» Le grand lac (7) verra des reflets
» purs. Les Indiens deviendront Eſpa-
» gnols. Ils oublieront leurs tours éle-
» vées, leurs anciens Caciques, & le
» Nouveau Monde admirera dans ſon
» enfance la paix, l'abondance, & l'é-
» quité. Partout s'éleveront des Tem-
» ples, des places, des jardins ſomp-
» tueux. Cette région, dans ſes feſtins

---

(7) La Ville de México eſt ſituée au milieu d'un Lac.

» publics, dans ſes danſes nationales ,
» bénira les Européens. Elle s'empreſ-
» ſera de leur aporter de ſes Provinces
» les plus reculées, la nacre éblouiſ-
» ſante, les perles que l'humide Nérée
» voit former dans ſon ſein, les plus
» riches métaux, & cette graine pré-
» cieuſe, (8) plus belle que le murex
» qu'elle a remplacé.

    » Telle eſt la récompenſe, tels ſont
» les Lauriers que les Deſtins réſer-
» vent à votre courage. Pourriez vous
» les mépriſer, & pareil ſouvenir ter-
» niroit-il la gloire de l'Eſpagne ? Ah !
» briſez plutôt le Timon & les Ante-
» nes. Que Doris & ſes Néréides en
» voyant flôter ſur les ondes les
» quilles diſperſées de nos Vaiſſeaux,
» reconaiſſent les vils débris d'une
» crainte qui vous eſt étrangère. Vain-
» cre ou mourir, c'eſt ainſi, Guerriers,
» que vous fatiguerez les marbres & les

____

(8) La Cochenille.

» bronzes. Il ne vous reſte à eſpérer
» qu'une pompe triomphale, ou qu'un
» bucher glorieux. Déja je vois chez
» nos Deſcendans les neufs Sœurs célé-
» brer nos louanges, .& cette fuite à
» laquelle nous nous dérobons, exciter
» les accords de la lyre Eſpagnole,
» qui, ſur un mode harmonieux, exal-
» tera la deſtruction de nos Vaiſſeaux. «

, Ainſi parle Cortès & ſa Troupe ap-
, plaudit par un ſilence unanime. L'ad-
, miration de deux ſiècles a ſurmonté les
, impuiſſantes injures de l'envie; &, pour
, que la mémoire de cette belle action
, s'éternise à jamais, elle vient d'être
, oferte à l'Eſpagne par l'Aſſemblée reſ-
, pectable de ſes Sages. Zélateurs conſ-
, tans des intentions du grand Philipe,
, (9) c'eſt peu de reſtituer par leurs
, doctes veilles l'ancien éclat des Let-

____

(9) Philipe V, Fondateur de l'Académie de Madrid.

, tres, d'affurer à la langue le nombre ,
, la force, & la correction; ils croient
, n'avoir rien fait, s'ils ont oublié la
, Patrie.

, Mère féconde des Sciences & des
, Arts, ô Madrid, ton Lycée vient de
, mettre au nom de Cortès les Mufes Ef-
, pagnoles en concurrence. Déja def-
, cend le feu célefte : & l'harmonie ca-
, dencée des vers, vient enchanter mes
, fens. Ah! renaiffez, divines influences;
, renaiffez, Lucains, & Martials! ·

, Et toi, jeune homme, qui, pen-
, fif & folitaire, parcourais les hauts
, faits de ton païs, en cherchant un mo-
, dèle digne du Peuple guerrier auquel
, tu dois la naiffance; que te refte-t-il à
, defirer, puifque ma main t'a montré
, Fernand Cortès, & qu'il eft Efpa-
, gnol ? '

L'Amérique ceffa de parler, & les
Génies de fa fuite reprirent à l'inftant

leurs concerts mélodieux. Bientôt les superbes oiseaux de Junon la dérobèrent à ma vue, dans un nuage formé d'humides vapeurs. Mes yeux la suivirent quelque tems , mais elle ne tarda point à s'évanouir derrière la haute cime du Guadarrama. (10)

Ainsi que , dans une nuit horrible & sombre , quand Jupiter ébranle les poles du monde, si la lueur éblouissante d'un éclair laisse entrevoir au Voyageur tremblant le sentier qu'il a perdu; à l'instant replongé dans une obscurité plus afreuse, son courage s'abat, & son œil, méconoissant l'horison, ne peut plus distinguer les vallées des montagnes :

Ainsi, le prodige qui m'éblouit encore, m'a laissé confus, aveugle, & timide : je rentre en moi-même en tressaillant , & je me retire à la chûte du jour.

---

(10) Montagne qui divise les deux Castilles.

[24]

O Chef magnanime, le plus grand de ceux qu'ait vus dans sa carrière cette Planète qui nous échaufe & nous éclaire, quel homme étois-tu, si tu peux encore épouvanter celui qui n'a vu que ton image, & qui ne l'a vue que dans l'ombre!

Lu & approuvé ce 8 Décembre 1778,

DE SAUVIGNY.

Vu l'Approbation, permis d'imprimer, ce 16 *Décembre* 1778. *LE NOIR.*

De l'Imprimerie de DEMONVILLE, rue Saint-Severin,